MW00955444

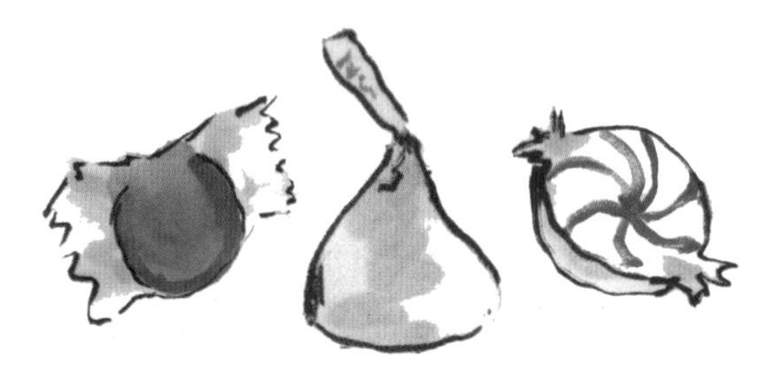

This book is dedicated to the joy of giving, and to our friends and family who share their love and generosity with us every season.

Mo Smells the Holidays

A Scentsational Journey™

Story by
Margaret Hyde

Illustrations by
Amanda Giacomini

Mo is sitting
with his nose in the air...
He smells change
and excitement everywhere!

Leaves of red, orange,
yellow and brown
are blowing and swirling
to the ground.

The breeze that reaches Mo
has a little chill.

The children are on their
way to school
with books to read and
notebooks to fill...

One child has a
crisp Granny Smith apple
in her backpack overflowing.

And will leave it on her
teacher's desk—a surprise
without anyone knowing.

Mo rolls in the leaves
and starts to dream
of all the smells
of Halloween . . .

Pumpkins glowing,
Mo is anxious to get going!

Tonight Mo is SuperMo
with a red cape
and giant M on his chest.

His Halloween mission to complete
is to go trick or treat
and get yummy things to eat.

Mo goes door to door with his friends.
Jasper, in sheet of white, a ghost tonight—

And Molly, a vision in pink with glittering wings,
the fairy princess of her dreams.

Jasper and Molly giggle
as they ring the bell.

They scream
"Trick or treat!"
and Mo howls as well.

Milky, smooth, rich and sweet...
Mo smells chocolate that Jasper eats.

Molly has a square of golden gooey goodness
that is almost too chewy.

Mo smells all the sweets,
but knows they are not for him to eat.

On Halloween there are treats aplenty,
but Mo and his friends want to share and give
to those without any.

While Molly and Jasper collect dimes
and quarters for those in need,
Mo collects dog biscuits for his four-legged
friends that need a home
who are spending Halloween
in cages all alone.

SuperMo flies home with bag full of treats,
sharing his goodies with everyone he meets!!

Mo smells Trick or Treat!
Mo smells Halloween!

Mo takes another whiff
of all the smells
that are autumn's gifts!

Mo and his friends are helping at a Soup Kitchen—
excited to lend a hand.
Surrounded by new smells
and lots of baskets and cans.

Jasper hands out cranberries and sweet potatoes.
Molly helps with butter and rolls.
And Mo puts kibble and water in doggie bowls.

They all head home for a family meal
with gratitude for each other
and how giving makes them feel.

Mo smells a feast!

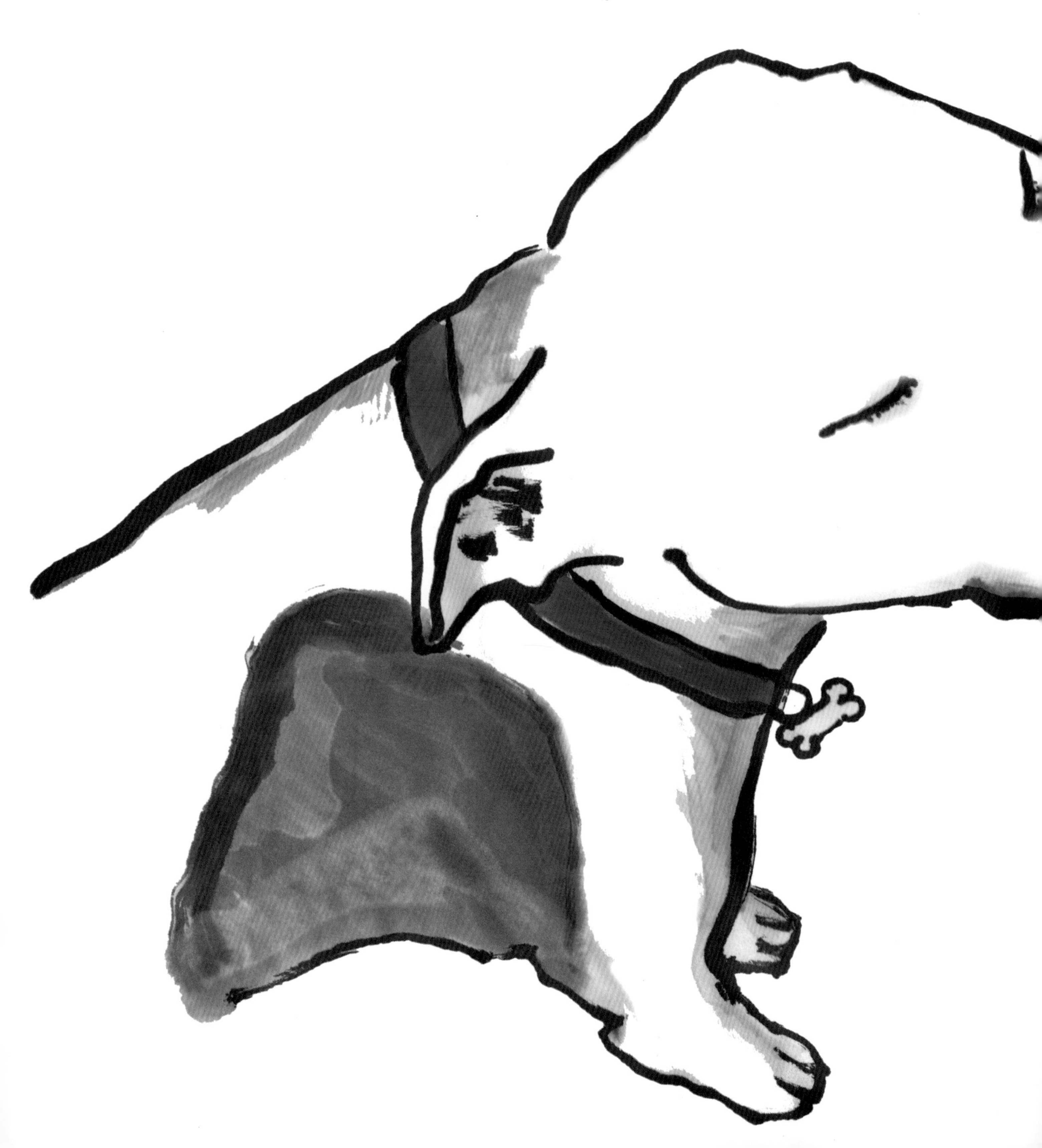

The turkey is on the table
with buttery mashed potatoes, gravy,
and green beans...
But Mo's nose takes him to the counter
where the pumpkin pie is cooling,
the aroma that fills Mo's nose
almost has him drooling.

Mo smells Thanksgiving!!

Mo is warm and cozy in his bed,
while scents of the holidays
dance in his head!

PEACE · PEACE · PEACE

At Molly's, Mo and Jasper are welcomed in
to light the candles.

And for eight nights straight
Mo smells another gift for him
by the mantle.

Molly spins the dreidel
and wins a golden chocolate treat.

And Mo smells the delicious latkes
that the merry party eats.

Mo smells Hanukkah!

Ho-Ho-Ho
Here comes Mo!!!

Mo and Molly go to Jasper's
to help him trim his tree.
Everyone is guessing
what their gifts will be!
Mo smells Christmas!

Mo gives Molly a holiday surprise...
A little rescued puppy named Lucky
with sweet, smiling, deep brown eyes.

Now this friend of Mo
is forever safe from harm
and will spend his holidays
embraced in loving arms.

In Jasper's stocking Mo has hidden
a silky pink-nosed kitty—
Kiki.

Jasper gives Mo a thankful hug.
Another shelter friend of Mo's
will have all his holidays
filled with love.

Under the mistletoe,
nose to nose,
Kiki and Lucky meet.

While Jasper and Molly sneak to the kitchen
to find sugar cookies
and gingerbread to eat.

A star for Jasper
and a candy cane for Molly.
There are biscuits for Lucky and Mo,
and cuddles for Kiki who purrs with delight.
Everyone is celebrating in the kitchen tonight.

Mo smells joy!
Mo smells the holidays!

Mo jumps and twirls in the air!!
Colors are bursting everywhere!!

Mo smells the New Year... It is almost here!
And has one wish for everyone to hear...
Let the days of your new year be filled
with the spirit of love and giving-
friends, fun,
and scentsational living!!!

friends of mo™

Cold Nose. Warm Heart. Mo Cares.

Friends of Mo are dedicated to making the planet a better place for all four- and two-legged creatures. We believe charity is an action not just a thought and that each day should be celebrated while respecting and cherishing life and all living things. The littlest Friends can make the biggest impact. Joining Friends of Mo is a new, joyful way of thinking and treating others. We're happy to share it with you so that you can pass it on. To find out how you can be a part of Friends of Mo, go online and explore **www.MosNose.com**.

Simple tips to Be, Do and Give.

Be

- Make service a part of life for the entire family
- Be a friend to a neighbor when they need a smile, as well as in an emergency
- Be present and create hands-on service experiences
- Always remember to let your family know how grateful you are for them

Do

- Adopt a family in need during the holidays
- Have your children pick out gifts, wrap them and deliver to those less fortunate
- Participate in a beach cleanup or community effort to rehab a local park
- Visit a retirement home with your children and let them bring a drawing, sing a song or bake for elderly residents
- Let your children be in charge of the family's recycling

Give

- Make your children a part of the decisions of Where, Why and What you give to!
- Go online and explore giving opportunities with your kids
- Help them choose a charity and do a bake sale, car wash or other fundraising drive at their school

Other titles by Margaret Hyde

Mo Smells Red
Mo Smells Green
Dreddie Locks & The
Three Slugs

The Great Art for Kids
Book Series:
Picasso for Kids
Renoir for Kids
Van Gogh for Kids
Impressionists for Kids
Matisse for Kids
Cassatt for Kids

Library of Congress Control Number: Pending Hyde, Margaret
Mo Smells the Holidays story by Margaret Hyde
Illustrated by Amanda Giacomini
ISBN: 978-0-9816255-3-9
First Edition

Book design by AdamsMorioka, Inc.
Printed by Southern California Graphics

MW00956032

Elena Laguarda · María Fernanda Laguarda · Regina Novelo
Ilustraciones de **Paul Piceno**

URANITO EDITORES
ARGENTINA - CHILE - COLOMBIA - ESPAÑA
ESTADOS UNIDOS - MÉXICO - PERÚ -URUGUAY - VENEZUELA

Ati, corazón de cristal
ISBN: 978-607-7480-60-0
1ª edición: agosto de 2016

Aribau, 142 pral. 08036 Barcelona

Ediciones Urano México, S.A. de C.V.
Av. Insurgentes Sur 1722 piso 3, Col. Florida,
México, D.F., 01030. México.
www.uranitolibros.com
uranitomexico@edicionesurano.com

Edición: Valeria Le Duc
Diseño de portada y maquetación: Joel Dehesa
Diseño Gráfico: Laura Novelo y Joel Dehesa

Impreso en China – *Printed in China*

Para Isabel Saravia
y Diego Piceno,
amigos entrañables de Ati

Cerca de los límites del mundo, más allá de las nubes, en un mundo de brillantes colores, Ati, el pequeño dragón, dormía esa noche con sus abuelos.

A Ati le encantaba quedarse con Tunga y Papauchi de visita, pues ayudaba a la abuela a sembrar flores

y el abuelo lo llevaba a volar sobre
las montañas o al ras del lago en
el que a veces nadaban.

Su parte favorita era por la noche, antes de dormir, cuando su abuela Tunga le leía historias de dragones del pasado.
Le encantaba escuchar su voz.

—...Firac, el dragón más temible, estaba ya casi transparente, su corazón se había convertido en un diamante frío que irradiaba hielo a través de su cuerpo de cristal.
Y colorín colorado esta historia se ha acabado.

¿QUIÉN SE ROBÓ LAS ESTRELLAS?

LOS SE
EN SU
RENCO
FORMA
FRÍO
EN UN

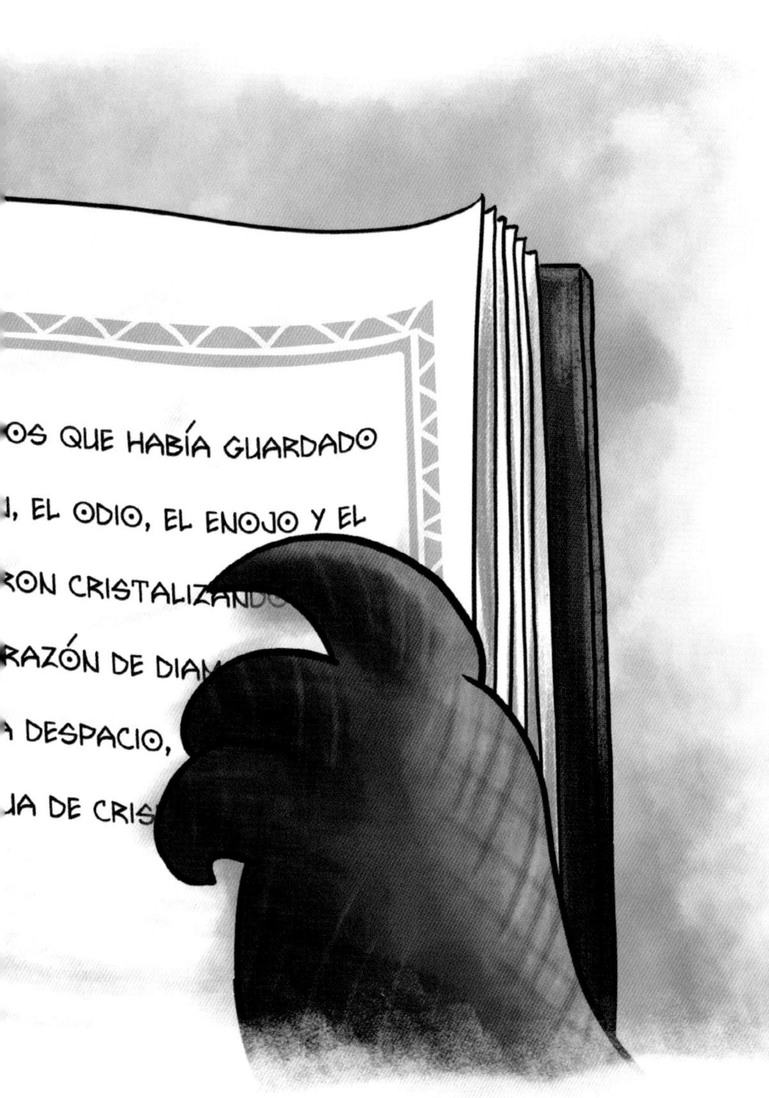

OS QUE HABÍA GUARDADO
, EL ODIO, EL ENOJO Y EL
RON CRISTALIZ
RAZÓN DE DIA
DESPACIO,
A DE CRI

—¿Por qué se convirtió su corazón en diamante? —preguntó inquieto Ati.

—Porque estaba enojado y triste, guardaba tanto rencor que se fue endureciendo por dentro —le contestó su abuela.

—¡Qué horror! ¿Eso puede pasar?

Sonriendo, su abuelo contestó:

—Es historia antigua, pero toda leyenda tiene algo de verdad; no es que te transformes en cristal, pero si no conviertes tus sentimientos en palabras y liberas tu corazón, te vuelves duro y frío por dentro.

—Ya es hora de dormir —interrumpió la abuela—, que mañana es un día muy especial.

Cuando llegaron a casa de Ati, sus padres Mem y Fillo, lo esperaban.

—Tenemos una sorpresa para ti —dijo su mamá.

Cuando entró a la sala vio que había una gran bola de colores que parecía moverse, como si tuviera vida. Extendió su mano para tocarla, estaba calientita.

—Qué raro, una pelota caliente, ¿podré jugar con ella? —preguntó Ati.

Sus abuelos rieron y se escuchó una gran carcajada de Fillo.

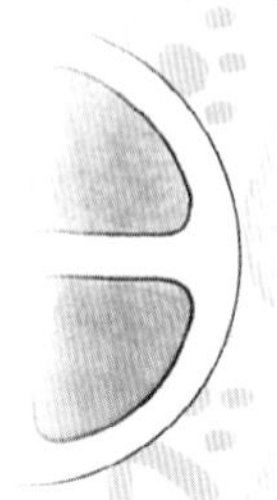

—No es una pelota, pequeño —dijo su papá—, es un huevo.

—¿Un huevo, y para qué lo queremos?

Sus padres lo miraron con ternura.

—Porque ahí dentro hay un dragoncito —contestó mamá dragón.

—¡Voy a tener un hermanito! —exclamó Ati, y al instante se sintió extraño. ¡Con razón la bola parecía viva! —pensó.

—Tendremos que cuidarlo durante seis meses para que crezca y pueda nacer —comentó Mem.

De pronto, su mamá hizo algo inesperado, lanzó una gran llamarada. Ati la miró sobresaltado.

—Tendremos que calentar el huevo y dejarlo enfriar —dijo su mamá. Habrá mucho trabajo.

La vida de Ati comenzó a cambiar. Cada día, al despertar, esperaba que su mamá entrara a su habitación para darle su abrazo de los buenos días. A veces iba, pero otras no, y cuando él salía a buscarla, la encontraba siempre en el mismo lugar: su mamá pasaba el día entero cuidando el huevo.

Lo tapaba y lo destapaba; lo calentaba y lo dejaba enfriar. Había que cuidar que el huevo siempre tuviera la temperatura perfecta. Ciertamente, cuidarlo era una ardua labor. A veces, Ati le ayudaba a sus padres pero, la verdad, era un poco aburrido.

Por la tarde, Ati escuchaba el sonido especial que hacía su papá al volar y esperaba verlo aterrizar para jugar un rato con él, pero papá sólo preguntaba:

—¿Cómo va esa hermosa criatura?

Algunos días, en vez de jugar con él, su padre cuidaba el huevo.

—¡Qué lata! —pensaba Ati. Jamás hubiera podido imaginar que le pondrían más atención a una esfera de colores que a él. A veces se sentía tan solo... y cuando venían visitas, todo el mundo preguntaba por el dichoso huevo.

Ati comenzó a darse cuenta de que se estaba volviendo de cristal y las cosas se pusieron peor. Una tarde, meses después, se encontró solo frente al huevo. Era su oportunidad, tal vez si éste desaparecía, le volverían a hacer caso como antes. Sus papás se darían cuenta de que no necesitaban otro hijo en casa. Sin pensarlo mucho, lo tomó para llevarlo lejos, podría esconderlo en algún lugar.

De pronto, un pensamiento lo asaltó: ¿qué sentirían sus papás cuando no vieran a su hermanito por nacer?

Regresó el huevo con cuidado a la vasija, éste se tambaleó y sus colores brillaron intensamente. Ati se asustó, ¿y si lo había lastimado? De pronto vio que el huevo se resquebrajaba.

—¡Mamá! —gritó asustado. Que no le haya pasado nada, por favor, en realidad no quería hacerle daño —se decía.

Mamá dragón al mirar el huevo llamó a Fillo. Los tres estaban muy atentos.

—Está por nacer —dijo papá. Era el momento de anunciar la llegada.

Ati se sintió aliviado y se le erizaron las escamas de emoción. Mem tomó un gran mazo y le pegó a un enorme gong que, con su sonido grave, anunciaba que un nuevo dragón estaba a punto de nacer. Fillo echó una gran llamarada para indicar en dónde era el gran acontecimiento.

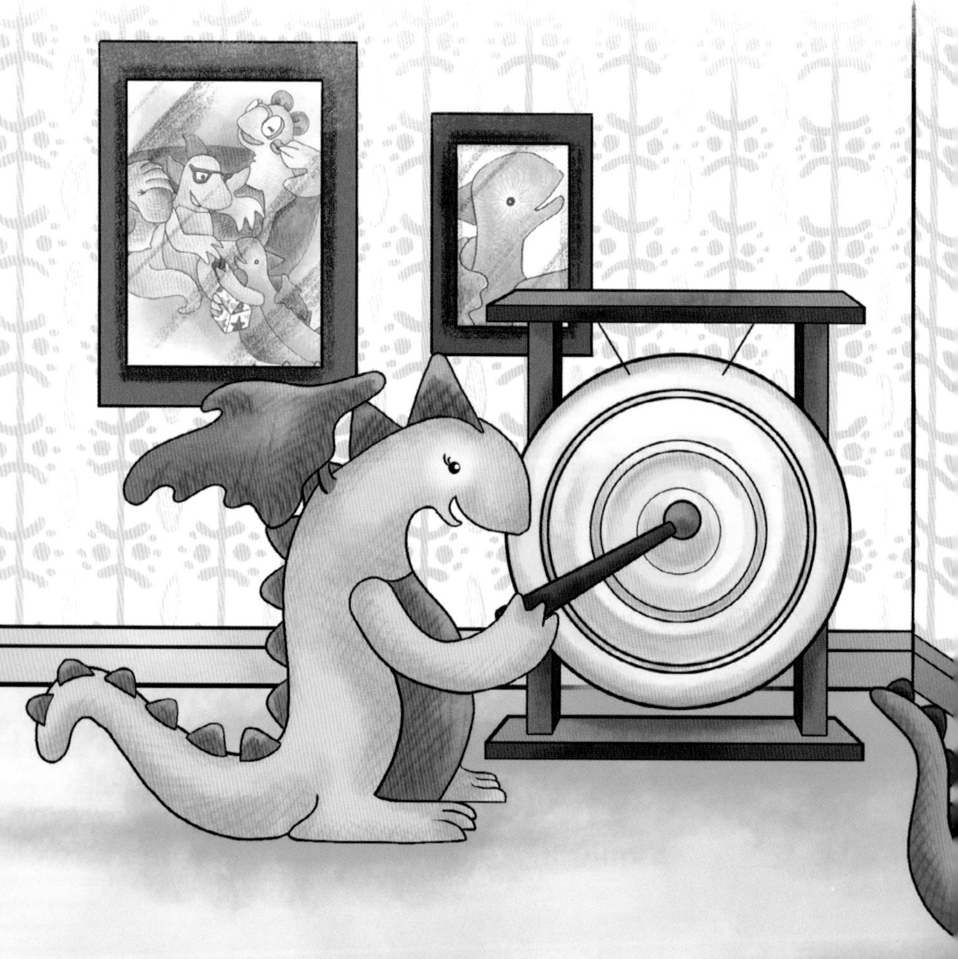

De todos lados llegaban dragones volando. Ati reconocía a muchos de ellos, pero ¡había tantos!

—¡Todos están aquí! —pensó. ¿Mi hermanito es tan importante?

Ati se sintió extraño, su estómago le molestaba, como si la comida le hubiera caído mal. Todos estaban emocionados y él se sentía... ¿enojado, triste, culpable por haber querido deshacerse de su hermanito? ¿Qué le estaba pasando? ¿Se estaría volviendo frío y duro por dentro?

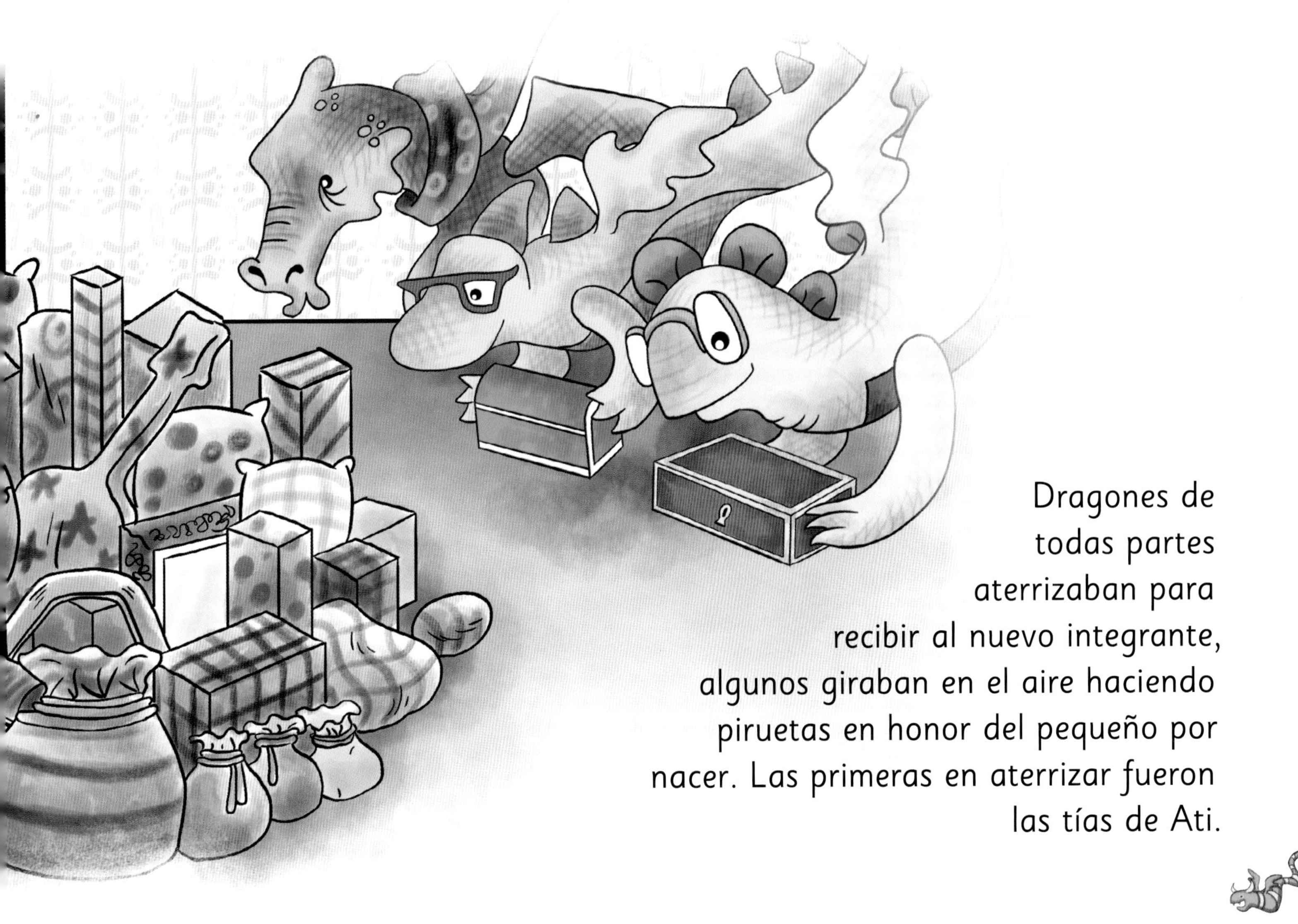

Dragones de
todas partes
aterrizaban para
recibir al nuevo integrante,
algunos giraban en el aire haciendo
piruetas en honor del pequeño por
nacer. Las primeras en aterrizar fueron
las tías de Ati.

Ati sonreía cada vez que un dragón cruzaba la puerta y emocionado extendía las manos para recibir algunos de los regalos que traían, pero ninguno era para él. Pronto llegaron el abuelo Papauchi y la abuela Tunga y miraron directo al cascarón cuyos colores estaban más intensos que nunca.

Por más que Ati trataba de llamar la atención, en realidad nadie le hizo caso. Entonces se convenció: no era un buen hermano dragón, sentía mucho enojo en su corazón y se había vuelto transparente y duro como un cristal; por eso, nadie podía verlo.

Salió triste al jardín,
subió a su columpio
y se quedó ahí
meciéndose. A lo lejos
podía escuchar las
bocanadas de fuego
de los dragones
emocionados y
sus risas. Sobre su
cabeza podía ver a
cientos de ellos
exhibiendo sus
habilidades de
vuelo. Ninguno
lo miraba a él.

Antes era
tan feliz,
¿por qué su
mamá puso ese
huevo? De por sí
era molesto eso de
tener que calentarlo y
dejarlo enfriar, como
para que ahora se
quebrara el cascarón,
¿no habría manera
de evitar que se
rompiera?

En eso pensaba Ati, cuando su abuelo se sentó en el columpio de junto.

—¿Qué haces aquí afuera solo? —le preguntó.

—¿Me hablas a mi, abuelo?

—¡Claro que si! ¿A quién más le podría estar hablando?

Ati estaba confundido, él era transparente y tenía que comprobarlo.

Bajó del columpio y se paró frente a su abuelo. Dio una gran voltereta y bailó moviendo su colita. Hizo caras y gestos e incluso le sacó la lengua.

—¿Qué estás haciendo? —preguntó el abuelo. ¿Estás bailando? —agregó sonriendo.

—¿Me ves? —lo cuestionó el pequeño. —A ver, ¿qué estaba haciendo?

El abuelo comenzó a imitar todo aquello que su nieto había hecho. Ati soltó una gran carcajada.

—Es verdad, ¡sí me puedes ver! —dijo emocionado.

—Claro que sí, ¡y estás igual de verde que siempre!

—Rayos, pensé que me había vuelto transparente —respondió Ati.

—Ah... ya veo —dijo su abuelo.

Guardaron silencio por un momento. Ati se sentó pensativo en su columpio.

—Seguro te has sentido un poco triste, algo enojado y solo, como olvidado —dijo el abuelo rompiendo el silencio.

—¿Cómo lo sabes?

Su abuelo lo miró y le dijo con seriedad:

—Creo que lo que pasa es que estás celoso.

—¿Celoso? ¿Así se le llama cuando te sientes como yo me siento ahora? —preguntó Ati.

Su abuelo asintió y
le dijo:

—Todo mundo está
interesado en conocer
a tu hermano y a ti no
te hemos hecho mucho
caso, ¿verdad? Por eso
pensaste que ya no
te veíamos. Déjame
explicarte algo, el
nacimiento de un
dragón es un gran
acontecimiento.
Recuerdo el día
en que se rompió el
cascarón de un hermoso
huevo lleno de estrellas y
te vimos por primera vez.

Todos nos sentimos muy emocionados, llenos de alegría, igual que está sucediendo hoy.

—¿Cuando yo nací también vinieron todos a conocerme, con regalos y todo?

—Claro que sí.

También sonó el gong y dieron piruetas los dragones en tu honor. Incluso, el Dragón de los deseos, que vive en el cielo, lanzó una lluvia de estrellas fugaces anunciando que nacía un dragón muy especial.

—Pero, abuelo, sentirme así no me gusta. Se supone que es un día feliz. ¿Qué puedo hacer para no estar celoso y sentirme contento?

Su abuelo se quedó pensativo y le contestó:

—Todos nos hemos sentido así alguna vez. También yo me puse celoso cuando nacieron mis hermanos, ¡y tengo ocho!
Y, ¿sabes? Cuando fueron creciendo y jugué con ellos, los celos fueron haciéndose chiquitos, aunque siguieron apareciendo de vez en cuando.

—Pero, ¡falta tanto para que crezca!

—Ati, ¿qué crees que te ayudaría a sentirte mejor, cómo puedo ayudarte? —preguntó su abuelo.

—Me gustaría que mis papás me hicieran caso como antes... —confesó el pequeño.

—¿Cómo podrían saber lo que sientes si no se los dices? Lo mejor es que expreses tus sentimientos con palabras, así liberarás tu corazón.

—Hablaré con mis papás para decirles que estoy celoso —dijo Ati decidido—, no quiero guardar este sentimiento en mi corazón, pero...

El pequeño tenía una duda que lo hacía sentirse chiquito, y por fin la dejó salir:

—¿Nos van a poder querer a los dos?

Su abuelo sonrió.

—En el corazón de los papás siempre hay amor para todos sus hijos, cada uno de ellos es único y especial; no es que lo quieran más, sino que necesita más atención pues está pequeño y no puede hacer nada por sí mismo.

Ati se sintió mejor, al menos sabía que lo seguían queriendo y que no se había vuelto transparente; que todos se podían sentir así en algún momento y que no era un dragón malo por estar celoso.

—¡Te quiero mucho, abuelo! —dijo aliviado.

—¡Yo también te quiero, pequeña lagartija verde! Ahora, ven conmigo, vamos a conocer a tu hermanito.

De la mano de su abuelo, Ati se acercó a la gran celebración; sus papás lo recibieron con cariño. Su mamá al verlo le sonrió.

—Sólo faltabas tú para este gran momento —su papá lo abrazó—, tendremos mucho trabajo que hacer ahora que nazca y necesitamos tu ayuda.

Ati se sintió importante,
después de todo no era tan malo ser
el hermano mayor. En ese instante,
el cascarón se rompió, parecía
como si sólo estuviera
esperando su llegada.
—¡Es una dragoncita!
—exclamó su mamá.

Poco a poco fue apareciendo. Sus papás le ayudaron a terminar de salir del cascarón y la cargaron con ternura. Era hermosa. Abrió sus grandes ojos. Todos los dragones alrededor guardaban silencio emocionados, la alegría era contagiosa.

—¿Cómo se va a llamar? —preguntó el pequeño dragón.

—La llamaremos Etel —anunció su madre.

—Bonito nombre —pensó Ati.

Etel miró a
su alrededor
asombrada y, por
unos instantes,
sus hermosos ojos
verdes se posaron
en él.

—Claro que
no soy de cristal
—pensó Atí—,
ella también me
puede ver.

Bienvenida a mi vida Etel —dijo Ati—, lanzando una bocanada de estrellas que bailaron a su alrededor. Su hermanita le sonrió.

ati recomienda

Todos hemos sentido celos a lo largo de nuestra vida. Los niños también, para ellos es fácil identificarlos desde pequeños. Por eso son un pretexto maravilloso para hablar de los sentimientos en general, ya que los celos conllevan varios a la vez: **miedo** a ser abandonado o dejar de ser amado; **tristeza** por sentir que no cumplimos con la expectativa de los demás; **enojo**, por no tener la atención que queremos. A esto se le suma que en muchos de los momentos en que los sentimos, son ocasiones en que socialmente se espera que sintamos **alegría**, los que nos puede hacer sentir **culpa**.

Al inicio, Ati se siente feliz con la noticia del bebé dragón por llegar, pero conforme pasa el tiempo, y se va dando cuenta de todo el tiempo que le dedican al huevo en el que está su hermana, comienza a guardar sentimientos de enojo y tristeza en su corazón al pensar que no es tan importante para sus adultos confiables como creía, es entonces que se va volviendo transparente.

En el cuento, hay un momento en que Ati queda solo frente al huevo y decide llevárselo lejos. Comienza a fantasear sobre cómo destruirlo con la idea de que todo vuelva a ser como antes; dentro de sus fantasías, imagina el dolor de sus papás y siente una gran **culpa**, esto lo detiene. Es este sentimiento, la **culpa**

—diferente a la vergüenza que nos hace sentir tan mal que no nos permite actuar de manera adecuada—, lo que en la vida nos permite tener empatía y reparar.

A los niños les sucede igual, de pronto pueden fantasear e incluso expresar sentimientos negativos y necesidad de destruir aquello que no les gusta o les provoca enojo. Por ejemplo, si el niño comparte que odia a su hermana y preferiría que no existiera, puede generar en el adulto la necesidad de decirle de primera intención que no hable así, que no es verdad que la odia, que es un mal niño por pensar eso, que su hermanita sí lo quiere mucho y que los hermanos son para siempre. Frases como éstas le provocan vergüenza de experimentar estas emociones. Por el contrario, es importante validar su sentir y nombrarlo, como hace el abuelo de Ati, quien lo invita a pensar qué quiere hacer con ese sentimiento y cómo podría expresarlo de manera adecuada y sin lastimarse o lastimar a otros.

Este es un cuento que nos permite hablar abiertamente sobre los sentimientos que experimentamos, buscar formas constructivas para expresarlos, enviar el mensaje de que no somos malos por sentirlos, pero sí responsables de lo que hacemos con ellos.

Elena Laguarda, **María Fernanda Laguarda** y **Regina Novelo** forman parte de **Asesoría educativa y prevención**, asociación que dedica su esfuerzo al trabajo en sexualidad con niños, adolescentes y adultos. Como parte de su labor, generan espacios educativos para que las personas construyan pensamientos, conductas, y habilidades que le permitan tener una sexualidad plena y saludable. Para ellas es fundamental que los niños tengan la posibilidad de identificar y expresar abiertamente sus sentimientos, para que puedan asumirlos y decidir asertivamente sobre sus acciones.

www.sexualidadati.com / ayudati@sexualidadati.com